MINI 小說

失控的邱比特

陳琨和——

——著

刺

　　晨跑時，他發現一隻紅得顯眼的蝴蝶，在暫停施工的工地裡飛舞。

　　他走進無人的工地，一把抓住蝴蝶。

　　一時間他覺得只是用手捏碎，有點無趣。往腳邊一看，地上有幾根大頭針。他撿起其中一根，準備刺向手中待宰的獵物。

　　大頭針插進蝴蝶身體的那一瞬間，他感到背上一陣劇痛。他驚慌地轉頭往後看，他的背上居然插著一根細長的鐵條。

　　不知什麼原因，工地的鐵條竟然從高處掉落，刺穿他的身體。

【2011/06/24自由時報花編副刊】

求愛兩兄弟

「一、二、三、四，我不是故意在你面前數，可是從她跟我們兩個人見面的頻率來看，她的確很公平啊。就在我心裡準備數到六十的那一瞬間，我跟她又見面了，你跟她也是一樣啊。」一個說。

「雖然我也是一樣，每分鐘都會跟她見面，但是匆匆一瞥就結束了，因為只有一秒鐘啊。兄弟，我到現在還不知道她到底是比較喜歡你還是比較喜歡我。」另一個說。

「好吧，兄弟，趁現在我們兩個聚在一起，等一下秒針小姐過來，我們當面向她問清楚，看她比較喜歡碰到誰？」

【2011/06/11自由時報花編副刊】

女王的報酬

未留用通知：

親愛的作者，十分感謝您的來稿。

但因為不符女王所需，所以很抱歉，未能留用。

若有佳作，歡迎再度來稿。

再次感謝。^_^

聽到送信使者傳來的第一聲「未」字時，我立刻知道這又是一封「未留用通知」。

哎呀，為什麼女王就是不喜歡我的故事呢？

這是送信使者第三十次來到我家了，他帶來了女王給我的第三十封「未留用通知」。

我國的女王十分喜歡讀故事，她向全國人民徵求各式各樣的故事。只要經過女王採用的故事，其作者可以得到「女王的報酬」。

「女王偏好什麼類型的故事啊？採用的標準是什麼？可以告訴我嗎？」

「呃，這個，我無可奉告。」送信使者說。

「你喜歡女王嗎？」送信使者問我。

「普通，還好，沒有特別喜歡，也沒有特別討厭。」

「那麼，你為什麼要寫這麼多的故事獻給女王呢？」

「為了女王的報酬啊。如果我寫的故事被採用了，女王會給我獎金，還會把我的故事公告全國。」

「原來是為了名和利。」送信使者說。

「呃，這個，我無可否認。」我說。

【2011/05/21自由時報花編副刊】

生靈

他和模特兒女友到沙灘約會。

女友說：「我好累，我想睡一下。」便躺在沙灘上睡覺了。

兩人抵達時已經是晚上十點，沙灘上也只有幾個人在走動而已。

正當他一個人覺得無趣的時候，他發現，黑暗之中，有一名外貌酷似女友的女性，站在距離他二十公尺遠的矮樹叢中。女性站著傻笑。

可是女友明明就在他身後躺著睡覺啊，而且女友沒有說過她有雙胞胎姐妹。

當他想呼喚女友起來確認時，「那一定是她的生靈！」他這麼想著。

他想起曾在書上看過：死去的人的靈魂被稱為死靈；活著的人的靈魂則被稱為生靈。

長這麼大還沒遇過什麼靈異事件呢！於是他安靜的起身，放輕腳步接近矮樹叢。

走到矮樹叢前才赫然發現，那名「女性」只是一塊人形立牌，就是女友代言廣告的宣傳用人形立牌。不知道被誰拿來放

在這裡。

　「哼！」他不禁大失所望，伸出右臂打了人形立牌一拳。

　「好痛！」原本還睡著的女友突然清醒了，然後對著二十公尺外的他怒目而視。「你竟然敢打我。」

【2011/05/11台灣文學創作者副刊】

貓的過去

男友開口問我：「要不要跟車？」

男友在寵物飼料公司上班，擔任送貨司機。

我跟男友到市區一間寵物店送貨。

我覺得有點累了，就在成貓飼料區前面蹲下，剛好來了一隻身長二十五公分的貓，走到我背上舔我的衣服。

「——好喜歡你。」飼主微笑說明著。我也微笑著。

回到車上，男友拿出滾筒沾粘棒幫我清理衣服上的貓毛。我覺得他好溫柔體貼。

「那隻貓是不是在妳身上聞到同類的味道？」他說。

什麼？他發現了嗎？他的感覺有這麼敏銳嗎？居然猜到我是貓。

不，還不能確定。人類世界裡也有以貓形容女性的用語。

不過，在回程的車上，我還是向男友坦誠了我是貓的事。

「貓嗎？」他說。「有一天妳會突然變回貓嗎？」

「不會。」我說。「你討厭我了嗎？」

「我不會因為妳以前是貓或是什麼其他的動物而討厭妳。」他說。「而且，托妳的福，我現在很喜歡貓。」

　　後記：女主角的過去是「貓」。這個「貓」可以替換成任何「黑歷史」。雖然我沒談過戀愛，沒辦法以自身經驗解釋。不過我覺得，喜歡一個人雖然不至於要連對方的過去一概喜歡，但是至少可以做到「接受」和「理解」吧。

【2011/05/14自由時報花編副刊】

聖誕老人的財務危機

　　從六歲開始，女孩每年寫信給聖誕老人，在信上寫下自己想要的東西。

　　女孩的父母希望自己的孩子能夠一直保有夢想的權利。每到聖誕節，夫妻兩人合作，一個穿上聖誕老人的衣裳，故意在自家窗外晃一晃讓孩子瞧見；另一個則趁機跑進孩子的房間放下禮物。

　　如今女孩十四歲了，今年想要的禮物不再是餅乾、巧克力和抱枕了，而是新型手機、名牌服飾和遊戲主機等高價商品。

　　在聖誕節前夕，夫妻倆商量著，是不是該編個理由告訴孩子：今年全球的經濟情況空前困難，連聖誕老人也陷入了財務危機。

【2011/07/20聯合報副刊】

搭訕

「有什麼事嗎？」他說。

「沒什麼事，只是看你臉色呆呆的，很有喜感。」她說。

「喔。」

「喔什麼？你為什麼這樣發呆呢？」

「突然發生這種事，不發呆還能做什麼？」他說。

「家裡的人都好嗎？」她說。

「嘿，小姐，妳很會搭訕哩。我在想，妳適合做與推銷有關的工作，別做什麼死神了。」

「既然你這麼說，我會考慮看看，可是你是怎麼猜到我是死神來的？」

「小姐，向妳介紹一下，現在躺在我們面前的那個，是我的屍體。」他說。「在這種情況下，會來跟我搭訕的，如果不是死神會是誰呢？」

【2011/06/18自由時報花編副刊】

香水

　　我第一次看見那女孩時，她一邊看著書一邊在笑。

　　那是在一家大賣場裡的連鎖書局，我因為失業常常到那裡看書。那時候我已經失業半年了，覺得自己身上散發出一股廢材之氣。

　　廢材之氣，燃燒的氣味。當然不是真的燒起來，只是有這種感覺而已。

　　那天我從她纖柔溜直的長髮聞到一股美妙的香氣，使原本瀰漫在我周遭的廢材之氣被沖淡一些。我想，香水也有味道好的跟味道不好的吧。她的味道真好，吸起來好舒服。那麼別的女性跟她搽一樣的香水，也會散發出一樣的味道嗎？不過香水這種東西，大概也有適合誰跟不適合誰的吧。

　　那天以後，好幾個月過去了，我沒有再見過她。

　　她看的那本書，我已經看了不下十幾遍。每次看完後我總會想起她的味道。那回憶的感覺，的確很像裝著香水的香水瓶，脫掉瓶蓋後，就會流露出一股世界上最美的香氣……

【2011/06/26自由時報自由副刊】

魔鏡魔鏡告訴我

　　她透過網路拍賣網站購得一面叫作「魔鏡魔鏡告訴我」的鏡子。產品的說明文字寫著：「魔鏡會解答妳所有的問題。」

　　魔鏡宅配到家後，她興奮的抱進自己的房間。她有很多問題想詢問魔鏡，關於事業，關於愛情，她想知道自己的未來是何種面貌。

　　但是動作太急，她跌了一跤，魔鏡也撞落地面，鏡面摔了個粉碎。

　　幸好我沒被碎片割到。她心想。原來如此，我要問的，魔鏡已經告訴我答案了。那就是，未來得靠自己掌握，而且要拿好；未來是靠自己一步一步走出來的，一定要小心為上，步步為營。

　　「好痛喔，我的腳！」她忍不住喊痛。

尋找第二地球

　　問宇宙裡有沒有宇宙人，是問除了地球的人類之外，還有沒有其他人型的生命體存在，但是宇宙人不見得一定得具備和地球人相似的身體條件，宇宙人一詞也是受到地球人所能理解的存在意義所限制的。這是他和她昨天達成的共識。

　　他和她是同一家公司的同事。中午休息時間，兩人常常在一起聊宇宙人的話題。他們都相信宇宙人的存在，而且，在宇宙裡的另一個星球上，一定有另一個和自己長得一模一樣的宇宙人存在。

　　就是今天，我要告訴她，我對她的感情。他下定決心，要在今天中午休息時間向她告白。他一直很喜歡她，但是一直不敢說出口，直到今天他才鼓起勇氣向她告白。

　　「我不知道該怎麼拒絕，你才不會受傷。」她說。「你還記得我們上次討論過芥川龍之介的宇宙觀嗎？在這個地球上的拿破崙在馬連高戰役獲得大勝，可是，在宇宙裡的另一個星球上的拿破崙或許在同樣的馬連高戰役中大敗也不一定。」她接著說。「所以，在這個地球上的我拒絕了你，可是，在宇宙裡的另一個星球上的我或許會接受你的追求。希望你能諒解。」

　　她並不討厭他，但是也不想和他成為戀人，她只想和他保
持在朋友關係。

　　「我明白妳的意思了。」他說。

　　夢已經遠離地球了，我們為了追求慰藉就不得不把光輝
的夢移轉到幾萬哩外的天上——懸掛在宇宙之夜的第二地球不
可。他想起芥川龍之介在《侏儒的話》這樣寫過。

【2011/07/22自由時報花編副刊】

外面的世界

我洗好澡，從浴室出來，坐在客廳的沙發上看電視。

電視上正播放著氣象新聞，我居住的城市，明天的下雨機率是百分之四十。

氣象新聞結束後，我繼續收看整點新聞。雖然我並沒有特別想知道這世界發生了什麼，我還是花了一個小時收看電視新聞，坐在電視機前面，呆呆的吸收電視給我的一切資訊。

一個小時後，又是氣象新聞，又是相同的下雨機率，接著又是一個整點新聞。幾乎是同樣的報導又重播了一遍。

我拿起遙控按下電源開關，關掉電視，然後站起來，伸展一下手臂。

我走到陽台，打開窗戶，想看看外面的世界。

人際關係

　　失業的他打開手機的通訊錄，翻找電話號碼，想找個朋友說話。

　　他的通訊錄上面一共有二十二個名字和電話號碼。第一個姓蔡，他大學時代的朋友，他和姓蔡的朋友已經好幾年沒見面了，姓蔡的朋友大學畢業後考進中國石油公司，聽說。第二個是姓陳的女生，也是大學時代的朋友，但除了過年時寄寄賀年簡訊之外，他們並沒有任何特別的關係。他連她的長相都記不起來了。

　　在翻找電話號碼的時候，他不由得留意到他是一個人際關係多麼差的人。畢業後的四年之間，他除了和工作場所的同事在公事上的交談之外，幾乎不做任何交際。失業後，甚至幾乎沒跟什麼人聯絡過。

　　這幾天，他在讀一本小說，小說裡寫道：「失業時，即使想著手做什麼，也沒有那種力氣，就算有喜歡的事，大概也沒有持續下去的力量吧。力氣只在自己身體裡轉來轉去，就是使不出來。如果有人，能好好聽自己說話，和那個人談，那麼自己的方向和想做的事，也會變得清楚起來吧。」

　　他相當認真地思考之後，才決定找個人說說話。

　　他一面望著通訊錄裡的電話號碼，一面回想和電話號碼的主人相處的記憶片斷。然後過一會兒，忽然想到，對方也許不想跟自己說話。覺得自己打過去的電話好像會變成令人厭煩的騷擾電話似的。他開始覺得自己的身上散發著一股惡臭味，好像只要走到某個人身旁，那個人就會閉氣躲開，他想靠近誰，誰就會躲開。

　　直到手機鈴聲響起，螢幕顯現來電號碼，他一直在想像那樣的畫面。

【2011/09/09自由時報花編副刊】

蒙娜麗莎的不笑

這是發生在美術館展覽達文西畫作期間的一個晚上。這個夜晚，在美術館擔任夜間保全的警衛，他在美術館二樓的長廊上撞見一位長髮美女。

「這位小姐，妳怎麼會在這裡？我們已經閉館了。」

這位小姐微笑著回答：「我知道閉館了，所我才跑出來休息啊。」

「雖然我不知道妳是怎麼溜進來的，總之我現在要請妳出去。」警衛謹慎地說。

這位小姐聽了警衛的話後，收起了笑容，對警衛說：「真掃興。」

「這是規矩。」

「不過，你很幸運。」

「什麼地方幸運？」

「我現在沒在笑吧？幾乎沒有人看過我不笑的時候喔。」她把話說完，往後走兩步後，她消失了。

這時警衛才注意到，這位小姐長得好像懸掛在達文西展覽

室內的畫作「蒙娜麗莎的微笑」裡的蒙娜麗莎。

【2011/09/25自由時報花編副刊】

鏡未來

　　傳說，在自己二十歲生日那天的半夜兩點，看廁所裡的鏡子，會看見二十年後自己的樣子。

　　從朋友那裡聽了這個傳說之後，隔天就要過二十歲生日的他，決定要親身驗證這個傳說的真實性。

　　在二十歲生日那天的半夜一點五十分，他戴著手錶站在廁所的鏡子前，等著驗證聽來的傳說。

　　過了五分鐘，一點五十五分，他看見映照在鏡中的還是同樣的自己。

　　又過了五分鐘，手錶的時間來到了兩點鐘，他正覺得有些緊張時，突然看見鏡中的自己後頭多了一張臉。這張臉跟自己長得有些相似，而且年紀大得多。

　　原來傳說是真的，他心裡害怕起來。他冷不防地往後退，但是當他往後退的時候，他感覺到他的背部碰到東西。

　　有人？這時他才注意到，鏡中的另一個自己長得好像老爸？

　　「兒子，這麼晚了，你在廁所裡做什麼？」

【2012/03/23臺灣極短篇作家協會】

失控的邱比特

　　即使戴上墨鏡，還是覺得很刺眼。

　　今天街上的情侶，多到讓人心想，該不會全台灣的情侶都集中到這裡來了吧。附近變得像情人節最佳情侶選拔大賽的比賽會場一樣。

　　街上到處是手拉手，嘴對嘴的情侶。雖然對於這種情況覺得有點怪怪的，但是也有可能這附近真的有舉辦最佳情侶選拔大賽什麼的吧。正當我心裡這麼想時，有一個小男孩走到我面前，他手拿弓箭、背部長有一對翅膀。

　　「有喜歡的對象嗎？」小男孩問我。

　　我對他揮揮手說：「沒有。」

　　沒想到小男孩聽了我的回答後，竟然拉起弓箭，轉身瞄準一位看起來像是一個人出來逛街的年輕女性。

　　「就這個姐姐吧。」小男孩回頭對我說。

　　我對小男孩的舉動感到驚訝之餘，我在想，他會不會是失控的邱比特呢？胡亂射出愛神的箭。

時光機

時光機終於建成了。

時光機的建造耗費了他三十年的時間和所有財產。現在，他只想趕快啟動這台時光機。

他坐上時光機，用微弱的眼睛盯著控制面板，把時光旅行的年代調到三十年前。

「時光機啟動。」他對時光機下達指令。

瞬間，機器運轉的聲音響起，接著有一團光出現，把他和時光機包圍了起來。刺眼的光芒讓他睜不開眼睛。

終於，光芒散去，機器運轉的聲音也停止。他睜開眼睛，看見一個年輕男人站在他面前。男人看起來意氣風發，眼睛閃耀著光芒。他知道，這個男人就是三十年前的他。

「你……你一定是未來的我……對吧？」三十年前的他說：「Yes，是真的，我真的成功了。」

高興之餘，三十年前的他注意到，眼前這個來自未來的自己，已經上了年紀，禿著頭，一身邋遢樣，臉色也很憔悴。

「我是三十年後的你，你知道我來的目的嗎？」走下時光機，他對三十年前的他說。

　　三十年前的他回答道：「知道，你來告訴我，我成功發明了時光機。現在可以開始建造了。對吧？」

　　「我們的確成功發明了時光機，但是，這一切值得嗎？」他說。

　　「難道不值得嗎？」三十年前的他好奇的問。

　　「你知道嗎？為了建造時光機，花了我三十年的時間，弄得我妻離子散，耗盡了我所有財產。」他說：「你想想，這台時光機值得我們用三十年的歲月和幸福來做交換嗎？」

　　「所以說，你來的目的是？」

　　「趁你還沒開始建造時光機之前，告訴你，停手吧。」

【2011/10/15自由時報花編副刊】

噩夢

下課鐘響，上午的課程告一段落。

「哎！」施先生嘆了一口氣。

為了省錢，他不吃午飯，直接靠著椅背，閉上眼睛休息。

失業超過一年的施先生，以長期失業者身分申請輔助，在職業訓練中心上課。學習第二工作技能。

雖然聽說結訓之後，職業訓練中心會輔導就業，可是他懷疑，在短短幾個月的時間內學習到的東西，在職場上真的能派上用場嗎？真的有企業願意僱用嗎？

施先生像平常一樣，抱著不安的心情入睡。

——「課長。」

「咦？」施先生因為聽到「課長」兩字而睜開眼睛。

「課長。」

「嗯？」施先生發現，自己坐在熟悉的辦公室裡，眼前這個叫他「課長」的人，是他昔日的部屬——葉小姐。

怎麼回事？我沒有被解僱嗎？賣掉房子，沒錢給女兒付學費……那些事都只是夢嗎？施先生這麼想。

「對不起，我竟然在辦公室睡著了。」施先生說。

「課長還好吧？」

「我還好，只是夢見噩夢了。」

「是什麼樣的噩夢啊？」葉小姐好奇地問。

「我夢見自己失業了。沒有工作，沒有收入，還賣掉房子……幾乎每天到就業服務中心找工作……但還是沒辦法再就業。人生變得很糟。如果失業狀況一直持續下去的話，要怎麼辦呢？夢中的我滿腦子都想著這件事。是個壓力很大的夢。」

「好可怕的夢喔。」

「幸好，只是一場夢。」施先生說：「對了，妳找我有什麼事？」

葉小姐慢慢走近施先生，把手輕輕地放在他肩上。

「我來告訴你。」葉小姐說。「夢到這裡就該醒了。」

【2011/12/10自由時報花編副刊】

希望

　　把出勤表抽出打卡鐘，她忍不住噴了一聲。走出公司，四處張望，盤算著這份工作自己要做到什麼時候，她並不喜歡這份工作，但看到蹲在旁邊騎樓的遊民，不禁有點畏縮。

　　她下班後立刻回家，沒有同事邀約，也沒有朋友可以聯絡。

　　「這不是我要的生活！」她自言自語起來，她想到自己的薪水，自己的人際關係。「我並沒有人脈可以拜託幫忙介紹工作，我只能自己找，但我千辛萬苦才找到的這份工作，讓我覺得自己被剝削，一直有一種無力感。」

　　她是26歲的上班族，沒有朋友，也沒有男友。碩士畢業的那年，她遇上就業冰河期，雖然拚了命的找到一份約僱工作，但一個月的薪水不到3萬塊，而且一年後不再續約，她也只能離開。目前她在一家網路公司當企劃，一個月的薪水只有2萬2千塊。

　　她埋怨高學歷卻是低收入，不想繼續領著低薪，做自己不喜歡的工作，也不想繼續過著沒朋友、沒男友的日子。但是，她還不知道該怎麼做才好，也不知道採取某些行動後，會不會改變現狀，她只確定，如果什麼都不做的話，一切都將不會

改變。

　　她打開房間的門，突然一陣頭暈，雙腿發軟，蹲了下來。看到自己在地板上的影子，她把耳朵貼近，倒在自己的影子身邊。

　　「希望……明天會改變……」她說。昨天也是這麼說。

公車推理遊戲

「你覺得上班無聊嗎？」上班族A問。

「覺得無聊是因為我有其他想做的事。」上班族B說。

下午的公車上，兩個年輕的上班族坐在椅子上，他們面前站著的是上一個站上車的年輕孕婦，我抓著拉環在年輕孕婦的旁邊站著，靜靜地盯著他們兩個。很長的時間。

為什麼不讓座給孕婦呢？他們在想什麼？反正閒著也是閒著，我開始推理他們之所以不讓座，是基於什麼樣的情況。

一、兩個人顧著聊天，也許並沒有發現到前面站著孕婦。

二、他們發現到前面站著孕婦，只是因為快要下車了，所以他們到下一站再讓座給孕婦。

三、不管有沒有發現到前面站著孕婦，沒有什麼原因，他們就是不想讓座。

四、也許兩個人都中了讓座就會死的詛咒，為了自己的性命，所以不會讓座。

五、那個年輕孕婦其實沒有懷孕，因為她想要別人讓座給她，所以就喬裝打扮成一個孕婦，可能是被那兩個人識破了，所以才沒有讓座給她。

　　很好，到目前為止，我所做的推理都並非完全不可能的猜想，只是我的目的地到了，該下車了，明天上車再繼續「為什麼不讓座給孕婦」的推理遊戲吧！

　　我閉上眼吸一口氣，將推理就此打住。我按了拉環旁的下車鈕，抱著五個身孕的肚子，走向車子的油壓機械自動門。

【2012/03/04自由時報花編副刊】

黃昏金時

啟動手機的照相功能，按下快門。

一秒後，手機螢幕上出現時間凝結、停格的畫面。

那畫面是黃昏時分的街道和天空。

幾秒後，我將視線從手機螢幕移開，抬頭望著天空。

還來不及有什麼感想，天空已經暗下，無聲無息地像瀑布的流水一樣，將黑暗倒了下來。

在我停下腳步的時候，時間一分一秒老老實實地過去了，理所當然地。

只有手機上的那張照片，始終停留在黃昏時分。

杯墊人生

閣樓的衣櫃裡有六張造型杯墊，分別是小狗杯墊、小兔杯墊、小象杯墊、上衣杯墊、小魚杯墊及咖啡杯杯墊。

小狗杯墊突然問大家：「難道你們一點都不生氣嗎？」

小兔杯墊反問：「為了什麼事情要生氣呢？」

「我們是杯墊啊！」小狗杯墊激動起來。「身為杯墊，卻從來沒有被杯子壓過，不覺得英雄無用武之處嗎？」

小象杯墊回答：「閒閒無事做，這樣不是很好嗎？我可不想被杯子的重量壓到我身材變形。」

「對啊，我也不想被咖啡跟茶弄髒衣服」上衣杯墊附和道。

下班回來，我走到閣樓去找薄外套，從衣櫃翻出了以前不知道什麼時候做的手作杯墊。

看著他們被塞在衣櫃一角，不由得想像，如果是我，一定不會願意住在如此令人窒息的狹小空間裡吧。

我把他們從衣櫃裡拿出來，擺在地板上。

「就放這裡好了。」我自言自語說道。

但願躺在這裡的杯墊先生小姐們，能夠享受這分遺世自處的孤獨與清靜。

【2013/05/17自由時報花編副刊】

誰喊了lucky

　　撿到錢是我覺得麻煩的事情之一。因為我沒辦法說一聲「lucky」，就將撿到的錢佔為己有。我會有些猶豫。

　　星期六下午發生這麼一件事。當我要走出公寓時，在走道上看到一張百圓紙鈔。我撿起來，左右張望，看到周遭沒有其他人，明白了這是別人遺失的錢。

　　當下，我起了想要拿這張百圓紙鈔去買飲料或什麼的念頭。但是，我接著想到，那不是我的錢。而且，我自己也有把錢弄丟的經驗；不只是我，就連你，大家在遺失金錢的時候，都會有一份希望「失而復得」的憧憬吧。我把錢放回原處，拿顆小石頭壓在上面，出門去了。回來時，百圓紙鈔已不見蹤影。

　　直到現在，我都還在想這件事。我不知道，結果會是失主叫了一聲「lucky」，把錢撿起來，感念失而復得；還是另一個人喊了一聲「lucky」，把錢撿起來，拿去買飲料或什麼的。

【2013/09/21自由時報花編副刊】

記憶備份機

　　他的記憶備份作業，已經達到90％的進度。可是，這次我又想選擇放棄，讓他忘記前一天的記憶。

　　每當他一覺醒來之後，就會失去前一天的記憶，他就是我的男朋友。醫生說這是一種記憶障礙，不過現在已經研發出「記憶備份機」了。在他睡覺時，就先把當天的記憶儲存起來，做成備份檔案，在他醒來後，再把備份檔案存進腦裡。

　　每天男朋友醒來，我就會幫他做記憶還原。只是，在我跟他吵架的時候，到了隔天，我不會將他的記憶還原。嗯，反正他不會記得；沒有前一天記憶的他，當然也沒有記憶抱怨。

　　可是吵架的問題一直沒有解決，而且從我這裡產生的記憶，我一直記得。我想，我只是一直在逃避。

請天空笑一個

你喜歡天空嗎？我喜歡極了。

大家都在當低頭族的時候，我的視線總會飄向天空。

我無法不去看天空，就是在意得不得了。也許是因為感覺得到時光流動吧，有種通過了的感覺。那個時候的我，當下的天空，都隨著時間流去。

如果遇見了融化當時心情的天空，我會拿起手機拍照，請天空笑一個。不知不覺中，我手機裡天空的照片，也累積成了三百六十五天的生活記錄。

【2013/10/20自由時報花編副刊】

穿衣鏡

「我現在要對妳說的撞鬼經驗，並不是很久很久以前的故事，而是這幾天才發生的事。我在某棟辦公大樓任職，擔任夜間警衛，撞鬼那個晚上是我第一天上班。」男人說：「我在巡邏時，看見七樓到八樓的樓梯間，擺著一面穿衣鏡。八樓有一間服裝公司，在樓梯間放一面鏡子，這也不是什麼奇怪的事。我是這麼想的。但是，我突然對於能照出影像的鏡子感到深沉的恐懼。可是，不管怎樣，這是工作，我還是得繼續往上巡邏。於是，我鼓起勇氣走過穿衣鏡。走過鏡子時，忍不住瞄了一眼。」

「天啊！我的身影並沒有映在鏡子裡。鏡子裡映出來的，是一位穿著藍色洋裝的女孩。」男人說：「女孩看起來孤伶伶地，一個人站著那，她一動也不動，沒有朝我前進，也沒有後退；就跟我一樣，一動也不動地站著……後來連續幾天，我每個夜晚都會看見鏡子裡的藍色洋裝女孩……」

這個夜晚，男人面對樓梯間擺著的一面穿衣鏡，述說他們相遇的經過。

【2013/10/26自由時報花編副刊】

程式男女

　　她是我的女朋友，原本是《週刊寫程式的人》雜誌編輯。在《週刊寫程式的人》轉型為《月刊寫程式的人》時，她辭去了工作。

　　離職後，我問她：「在雜誌編輯工作期間，有遇到什麼難忘的事嗎？最難忘的是什麼事呢？」她回答，是去年年底，在一次採訪中，訪問一位程式設計師；報導他寫的，剛上市的遊戲程式「不甘平凡」。雖然，當時業界認為這款遊戲不會熱賣，市場反應也是如此；但她卻被遊戲片頭的介紹動畫所吸引。

　　「你被關在一個名為平凡的身體裡，從鑽進身體睜開眼睛，你就再也沒有離開過。一直，真的是一直；平凡賦予你生命，直到你被埋葬在那個再也平凡不過的墓地為止。然而現在，你有一個機會，成為一個不平凡的人……」

　　就在最近，得知組織即將改組，雜誌變成月刊出版後，她突然驚覺自己心中有股耐不住的厭惡感。離職當天，在她決心以寫程式展開新的人生時，那位程式設計師身亡的消息傳來了。

　　「那位程式設計師的身體永遠消失了，然而他所寫的遊戲程式『不甘平凡』仍存在這個世上；儘管，業界始終認為他

是一個平凡的程式設計師，寫出來的都是平凡的遊戲程式；我卻視『不甘平凡』為珍寶，將這款遊戲買下來，當作對他的記念。」她說。

【2014/03/30喜菡文學網第七期《有荷》文學雜誌「城市男女」徵文佳作】

目標

　　他在百貨公司的玩具賣場，買了大到裝上旗桿可以頂到天花板的城堡積木。他是我的大學同學，在小學當老師。

　　回到家組裝兩天後，他建立好城堡，於是拿出相機拍了幾張相片；還找我來幫忙拍照，拍下他躺在城堡前的相片，有如格列佛遊記般的風景。

　　突然，預期的空虛在他身上產生了。畢竟，城堡已經蓋好了。「我想再找一個目標。」他告訴我：「我盼望著暫時無法實現的目標。」

　　「人生一定都是這樣子。」我說：「既然已經完成一個目標，享受過到達目標的過程，接下來只要再找一個新目標，朝向目的地直奔而去就行了。」

床底下有兔子洞

預期之外的驚奇，在今天早晨發生了。

正當我在家裡，脫下睡衣，換上襯衫準備出門上班的時候，兔子從我胸前的口袋跳了出來。白色的兔子，毛有點髒髒的。背對我，完全沒有預兆地鑽進我的床底下。

我的床底下是有兔子洞嗎？待會還要上班，我要跟著兔子走嗎？心裡正在騷動的時候，我的左腳已經抬起，而右腳想在左腳落地時接著抬起，形成前進的步驟。到了兔子洞的另一端，搞不好會展開「我的夢遊仙境」大冒險，我決定隨著兔子前去。

但結果，來到另一端看見的卻是我上班的辦公室。兔子不見蹤影。所以，這就是我床底下兔子洞的祕密？不管是騎車、開車、搭捷運，或是從兔子洞爬出來，目的地都是公司。三十分鐘車程來到的地方是公司，從床底下爬出來看到的地方是公司；早晨發生的驚奇，結果也只是到公司上班而已。

【2013/09/22自由時報花編副刊】

遲到和竊盜同罪

「遲到和竊盜同罪」

他在報紙上讀到這句話。這一刻,他了解到時間是如此珍貴,遲到等於偷走等待者的時間,等於在犯罪。

好,從現在開始我不要再當時間小偷。他下了決心後,便打電話給正在等他赴約的朋友。

他說:「你再等我一下,我會晚一點到,我正在看一篇重要的文章。」

他還坐在家看報,而且打算從頭讀起。

【2013/10/13自由時報花編副刊】

跳過

上午,她在家裡讀著新買的小說時,發現中間缺了三頁。有不愉快的感覺。但她選擇跳過那三頁,接著讀下去。

下午,她到超級市場買菜,拿起水嫩嫩的蘆筍,想著今天要如何料理自己愛吃的蘆筍,但她想起老公愛吃高麗菜捲,於是她放下蘆筍,去挑高麗菜。

晚上,老公回到家時,她發現他的領子上有口紅印。有不愉快的感覺。但她選擇跳過,裝作沒看到,回到廚房繼續準備晚餐。

【2013/11/17自由時報花編副刊】

敲門聲

　　事情就從突然的敲門聲開始。

　　當他聽到「扣扣扣」的聲響時，腦海裡馬上想到的是，糟糕！我又在廁所裡睡著了。但是他左右張望，發現這裡並不是廁所，他在辦公室，坐在辦公桌前。

　　我在辦公室，我剛才應該是在發呆。但是，門邊沒人，那個敲門聲呢？他想，那個敲門聲會不會是同事的手機鈴聲呢。

　　「我同意你的想法。」坐在旁邊的同事說。「有可能是某個人拿敲門聲作為手機鈴聲。」

　　他嚇了一跳。他想，旁邊的同事怎麼會知道他的心裡在想什麼。但很快地，他冷靜下來。我不是在辦公室發呆，我是在廁所裡睡著了，這是夢，我要在下一個敲門聲醒來。他這麼想。

【2013/11/02自由時報花編副刊】

跑

　　我記得一個畫面。至今，我仍然無法確定，那究竟是來自我的夢境還是幻想，亦或一部電影還是漫畫的記憶。

　　有一個人在異星球上的沙漠跑著，他戴著頭套，身上背著一個機器。跑動的能量用來發電，那電力供應他的頭套運作；他只能一直拚命跑著，因為一旦頭套失去電力，停止運作，他就不能從頭套吸取氧氣。

　　也許他是一個囚犯，這是一種刑罰，他被流放在異星球上的沙漠一直跑，一直跑。這是某部電影或漫畫的一景嗎？還是我夢見或幻想出來的？然而這個畫面對我有什麼意義呢？

　　我在想，若是夢，我在夢裡再見到他了，會對我說什麼呢。他是不是要告訴我，即使在地球上，腳步也是不能停下來的；害怕落後，害怕被遺棄，就只好讓自己拚命奔跑。就當這是來自夢的教訓吧，我私自下了結論。

迷 路

　　我是不是走錯路了？他想，我迷路了。

　　他停下腳步，向路邊的烏鴉詢問：「為什麼我會迷路？」

　　烏鴉回答：「因為你改變方向了。」

　　「對對對。」他說：「我有一個明確的目標，我要去那裡。我以為繼續走原本的路線，可以達到目標，但走著走著，目標似乎變得越來越遙遠；所以我決定改變前進的方向。」

　　「你認為自己擁有選擇方向的自由嗎？」烏鴉說：「改變方向是要冒險的。」

　　聽到烏鴉說的話後，他很驚慌，急著四處張望，希望找到自己應該前進的方向。而烏鴉展開翅膀，飛上天空，選擇牠要去的地方飛去。

【2014/03/08自由時報花編副刊】

閣樓

　　她把門關上，希望它們就此消失。

　　「老婆，妳有沒有聽到？閣樓好像有些奇怪聲響，是不是妳在上面養貓？」

　　早晨，丈夫聽到閣樓傳來聲音，覺得應該上去查看。於是不等妻子回應便上到閣樓。打開閣樓的門，裡頭堆著好多個作為儲存之用的紙箱，而角落的一個盒子正發出吱吱作響的聲音。

　　丈夫打開盒子後，驚訝地發現盒子裡面有十幾個透明球體跳動著。「這些是什麼東西啊？」

　　「那些是你過去的希望和夢想。」站在閣樓門口的妻子說：「你想把它們帶進真實生活裡，但是它們會破壞目前的安穩生活，所以我從你身上奪走它們，並隱藏起來。」

　　妻子走近丈夫，伸出手撫摸丈夫的臉，她說：「過一會，你會忘了閣樓的事，乖乖去上班吧。」

【2014/03/22自由時報花編副刊】

快閃

　　去年，在朋友的結婚典禮上，有人介紹我認識一位十九歲的年輕女性。

　　兩人聊一會兒後，十九歲的年輕女性說她正從事一件休閒活動，是在街頭快閃跳舞。簡單來說，就是在街頭找一處地方放音樂，跳舞，就一首歌的時間，然後馬上離開現場。

　　我問她都在哪裡快閃跳舞，她回答一個地方時，剛好到了結婚典禮結束的時間。她跟我道別後，就從我眼前離開。

　　我知道她說的那個地方，就在我家附近。隔天開始，我每天出門都會留意街上是否有她的身影。然而過了一個月，我都沒有見到她；只能想說也許她改了地點，或者是她已經不再做快閃跳舞的活動了。

　　儘管我一直沒有再見到她。但直到現在，我仍時時注意著，街頭是否出現她的身影。

繩子

　　我站在人行道上，望著熙來攘往的人車發呆。

　　發覺到腳邊一陣騷動，原來是一隻毛茸茸的小狗，熱情地湊過來磨蹭。

　　「先生，真是對不起。這是我養的小狗。」牽著小狗的女性對我道歉。

　　「沒關係。」我說。

　　女性向我點了點頭，然後牽著小狗離去。

　　我望了望小狗頸部繫著的項圈，和女性手上的牽繩，然後拿出手機看了時間。

　　午休時間結束了。我從口袋拿出繫著門禁卡的繩子，掛在脖子上，走回公司上班。

【2014/03/28自由時報花編副刊】

來自星星的她

　　來自星星的她到我住的公寓敲門，說想借宿。

　　「地球人你好。」她說：「我來自那顆星球。」她手指向有星星的天空。

　　「妳看起來跟地球女性沒什麼不一樣。」我說。

　　「這不是我原本的身體。」她說。

　　「這個身體是來自一個地球女性嗎？」

　　「是的，我找到她，進入她的身體，緊密貼近她皮膚，吞掉她的意識……」

　　「如果妳說的都是真的，我不能借你，我不想被妳佔據身體，失去自我。」

　　「這就奇怪了，我明明偵測到你身上散發出孤獨、寂寞、無聊、放棄自己的意識電波。」來自星星的她如此說。

【2014/04/12自由時報花編副刊】

透明人

　　有個男人偶然發現自己擁有超能力，他能讓身體變透明。

　　他開心地上街遊蕩，在街道對路人惡作劇。正當玩得興高采烈時，他看見了公司同事。

　　他走到同事面前，說了一聲：「嗨！」

　　同事嚇了一跳，聽得見聲音，卻看不到人。

　　「是我，我變成透明人了。」

　　「你是誰？」

　　「你不認得我的聲音嗎？」他說，並報上自己的名字。

　　「對對對，公司裡是有這麼一個人。但是我不認得他的聲音，甚至不記得他的長相；聽其他同事說，他在公司就像個透明人。你就是那個人嗎？」

【2014/04/25自由時報花編副刊】

不想上班

「不想上班，不想進公司。」

男人在上班時間，用公司的電腦在臉書上寫下這則留言。

一陣又一陣單調的嗡嗡聲在耳內迴盪。

男人聽著那聲音，打從心裡討厭上班。臉書底下五百個讚
也是。

認真就輸了

　　深夜留在公司加班的男人，突然有一雙巨爪搭上他的肩膀。男人轉頭看見一隻高大的怪物。有著一雙巨爪的怪物對男人說：「你太認真了。」便吞噬了男人，然後，怪物消失於黑暗之中，留下空空蕩蕩的辦公室。

　　錄取我的公司所在的大樓裡有一則傳說，被稱為認真獸的怪物，牠會去吃掉認真工作的上班族。過去曾有幾個人在大樓裡失蹤。據說，都是非常認真工作的上班族。

　　聽到我要去上班的公司搬進大樓時，為了向認真獸表示友好，同事們均宣示「不會認真工作」。雖然我是才剛加入公司的新人，為了融入，成為公司的一份子，我也做了同樣的宣示。

　　同事一開始還擔心地問我：「做得到嗎？」我告訴他：「沒問題，我知道如何避開認真獸的巨爪。」

【2014/07/12自由時報花編副刊】

辭職決心

　　這麼早應該還沒有人來吧？應該沒人在。男人一邊這麼想一邊打開公司的門。

　　果然，辦公室裡一個人也沒有。男人放心地走到主管的辦公桌前，找尋前一天晚上放在主管桌上的辭職信。

　　男人心想，昨晚他是最後一個下班離開的，臨走時才放下辭職信，只要早上第一個來把信收走，丟辭職信的事就沒人知道。

　　男人在主管桌上翻找，就是找不著那封信。突然，桌上的電話響了。男人覺得這通電話不能接，便不去理會。不久，電話留言的功能啟動。

　　「別找了！你昨晚根本沒有留下辭職信；就算你留下了辭職信又如何，你現在的行為就證明了──你沒有下定決心。」

　　電話傳來的是男人自己的聲音。

【2014/06/22自由時報花編副刊】

離職信

　　我輕輕地打開門，走進主管的辦公室，將辭職信放在桌上，等著看主管會有什麼反應。

　　但主管靜默，一言不發。我看見這番情景，辭職的決心開始動搖。我是不是該悄悄地拿著辭職信走出去，當作什麼都沒發生。

　　主管正在午睡。

歡送會

　　男人離職了。離職當晚，男人參加了公司辦的歡送會。

　　歡送會到了尾聲，有人提議拍一張團體照。在這個時候，男人主動要求幫忙拍照。

　　幾天後，男人將照片寄給離職的公司。公司裡的人收到那張團體照，大感困惑。

　　「這是前幾天的歡送會嗎？」

　　「歡送誰啊？」

　　「誰離職了？」

　　「照片上的人現在都在公司啊。」

　　他們很快地就忘記離開的人。

【2014/08/03自由時報花編副刊】

屋頂

　　下班前半小時，男人離開辦公室，走到屋頂一躍而下。男人從屋頂跳下前，許了一個願望。

　　消防員及時趕來，男人獲救了。男人意識清楚，他向消防員詢問現在幾點。

　　消防員回答：「現在剛好下午六點整。」

　　「太好了！我的願望實現了。」男人說：「總算有準時下班的一天了。」

【2014/08/16自由時報花編副刊】

藏寶圖

　　我是一個上班族。有一天，我在公司上班，看見窗外有一塊布飄浮在空中，我伸手抓住那塊布，發現是一張藏寶圖。

　　我跟其他同事一起，仔細地查看那張藏寶圖，推敲出標示寶藏的地點。可是，我跟其他同事一樣，都沒有勇氣去冒險、尋寶，只能裝作沒這回事，將藏寶圖丟出窗外。

　　後來，藏寶圖飄到另一間公司時，有個男人請了假，決定去尋寶。男人在標示寶藏的地點挖掘，結果什麼都沒找著。

　　消息傳到我上班的公司，其他同事都笑那個男人是傻子。可是，這次我跟其他同事不一樣，我不覺得那個男人是傻子，我羨慕他有勇氣去冒險、尋寶。

簡訊

「好久不見！」

這是簡訊的第一句話。高中時期的同學久違地寄來簡訊。碰巧我昨天夜裡夢見他了，正想知道他最近過得如何。

簡訊的內容很短，只有兩句話，第一句是：「好久不見！」第二句是：「謝謝你在夢裡中扶我起來。」

昨夜的夢裡，我在散步，發現他一身是血倒在路邊，便過去將他扶起。

這是怎麼回事？為什麼他會知道我夢見他呢？實在是太在意了，於是我直接撥打簡訊上的電話號碼，想問個明白。

「喂。」電話那頭傳來的是陌生的聲音。

「請問你是誰？」我問。

「我是警察。」

「警察？手機的主人怎麼了？」

他發生車禍不幸過世了，由於事發地點人煙稀少，直到有人發現他時，已經來不及救他了。

不期而遇

涼爽的夜晚，我在路上和高中時的女同學不期而遇。

「好久不見，妳要去哪？」我說。

「我在前面的餐廳吃飯，中途出來打個電話。」她說。

「真巧，我正要去前面的餐廳吃飯。」

「不不不，我勸你別過去。」

「為什麼？」我問。

「裡面在辦同學會，而且我們沒有邀請你。」她說。

【2014/09/06自由時報花編副刊】

等待

　　從星期一到期五的這五天，男人都固定在早上九點，去那裡等待。

　　花二十分鐘的時間，從家裡騎機車到那裡，然後坐在那的一張椅子上，等待。

　　啊，好痛苦，好無聊。男人坐在那裡想著，會不會發生什麼奇遇；期待著突然有誰出現，把自己帶走，得以擺脫這種等待的日子。可是這樣的事情一直沒發生。

　　等，等，等了又等，終於快結束了。隨著結束時間的逼近，男人的心怦怦跳。

　　鈴鈴鈴鈴鈴鈴——時間到了，男人的心情變得輕鬆愉快，可以離開那裡回家了。

　　星期一到期五的這五天，男人枯坐在那裡，到底在等待什麼呢？男人等待的那些時間——大量而且珍貴的時間，又往什麼地方散去了呢？

【2014/08/07聯合報聯合副刊】

健忘

　　男人告訴我一件事。男人說：「這是昨天發生的事。」

　　當時，準備進公司上班的他，站在門口，正要輸入門禁密碼，驀地感覺到異樣的氣氛。

　　密碼錯誤？怎麼會？改密碼了嗎？

　　「啊！」男人察覺門並沒上鎖，便推門進去，櫃檯的行政小姐看見男人走進來，發出含糊的聲音。

　　好像有什麼改變了。男人覺得怪怪的，但還是走進辦公室，來到自己的位子。此時，隔壁的女同事一臉驚訝地看著他。

　　男人對同事的反應大感困惑的時候，總經理走了進來。

　　「啊！你怎麼來了？你已經被我解僱了，請你馬上離開。」

　　「發生了這種事啊。」男人笑笑對我說。「經驗、技術、能力，只要知道我有健忘症，那些都不重要了。」

　　「你對昨天發生的事還記得很清楚。」我說。

　　男人呆滯了半晌，突然感受到我的視線，對我露出微笑。

　　「我跟你說一件事。」男人說：「這是昨天發生的事。」

【2014/08/17聯合報聯合副刊】

爆炸

電梯門打開了，裡面有兩個人，一個是我，另一個是我的同事。

「到了，出去吧。」同事對我說。

「不要，我不想上班。」

「我也不想上班啊。但是，不上班賺錢，要靠什麼過活？要九點了，快出去啦。」同事將我拉出電梯，來到公司門口。

突然，「轟」的一聲，公司爆炸了，磚塊散落一地。

同事一愣，隨即轉頭問我：「這是怎麼回事？」

「你在我的夢裡。」我對同事說。

【2014/09/14自由時報花編副刊】

習慣就好

男人在自己的辦公桌上掛了一張照片,當工作到一個段落的時候,男人會望著那張照片。

「照片裡的人是誰啊?」一位好奇的同事問男人。

「小學時常欺負我的人。」男人如此回答。

「那不就是你討厭的人嗎?你為什麼要掛在辦公桌上,每天看他呢?」

「他確實是我討厭的人,不過就跟工作一樣,我想習慣就好了。」

【2014/10/18自由時報花編副刊】

許願小鳥

　　男人煩躁地走到茶水間，大口地喝水，然後望著窗外的天空許願，希望能夠早日擺脫這份爛工作，離開這間爛公司。

　　突然，茶水間的窗戶砰然破裂，玻璃碎落一地，男人嚇一跳。

　　隨即，一隻小鳥從窗戶破洞處飛進茶水間。

　　小鳥一臉煩躁地對男人說話：「快點講，我可以實現你的一個願望。」

　　「是真的嗎？」男人開心地問小鳥。

　　「真的啦。」小鳥點點頭。

　　「讓我想想。」男人說。「是被其他公司挖角，領取比現在多出一倍的薪水嗎？不對，這還是在做同樣的工作。小說家呢？寫小說是我的興趣，如果可以一夕成名，成為暢銷作家……對了，畫畫呢？」

　　男人考慮十分鐘後，終於決定要許什麼願望了。但是小鳥等得不耐煩，已經飛走了。

【2014/10/04自由時報花編副刊】

深藍

男人被朋友找出來散心。

突然遇到下雨，男人和朋友走進一家便利商店，等著雨停。

「你還好吧？」朋友問。「下雨會讓你的心情不好嗎？」

「不會啊。」男人回答。「我很好。」

「什麼不會？你看你的臉上就是寫著憂鬱兩個字。」朋友嘆了一口氣。

此時，雨停了。

「你看，雨停了，我們走吧。」男人對朋友說。

趁著雨停，男人和朋友走出便利商店。只是瞬間，又開始下雨了。朋友急忙跑回便利商店躲雨，男人則是站在外面，一動也不動地淋雨。

朋友看見了，男人的身上彷彿罩著一件藍色的憂鬱大衣。那個顏色不會被雨水沖淡，只會愈來愈深。

【2014/09/04聯合報聯合副刊】

廁所

　　男人走出公司，左轉，直走，到廁所門前，看了看，空的，沒人。男人走進去，關門，坐在馬桶上，讀秒。

　　……五十七秒，五十八秒，五十九秒，兩點五十九分。

　　每回感到疲倦，或是厭煩時，男人就會走進廁所，坐在馬桶上，看著手錶讀秒，消磨時間。

　　今天也是如此。……五十七秒，五十八秒，五十九秒，三點。

　　唉，才三點，還有三個小時才下班。再多待十分鐘好了，男人心想，就待到三點十分吧。

　　為什麼要如此消磨時間呢？男人常常這麼問自己，卻一直沒有想出答案。

　　……五十七秒，五十八秒，五十九秒，三點一分。叩叩，叩叩，有人敲門。

　　「裡面有人。」男人大聲回應。敲門聲卻持續著。

　　男人打開門，探頭一看，外面沒人，只看到地板上自己的影子。

地震

　　站在角落的兩位同事說話聲很輕，但男人還是聽見了，好像是什麼人事地震。

　　聽不到了，男人索性走到兩位同事面前。「妳們在聊什麼？」男人問。

　　兩位同事都沒回答，把頭低下來。

　　實在太在意了，男人心想，該不會是我要被資遣了。「妳們到底在說什麼？」男人再問。

　　其中一位同事昂起頭來，對男人說：「你知道剛剛有地震嗎？我們很擔心家裡的人有沒有事。」

【2014/09/07聯合報聯合副刊】

外星犬

「新聞快報：昨日傍晚一位民眾報警表示，目擊到一輛汽車撞到一隻流浪狗，事發後流浪狗像是毫髮未傷地跑走，而汽車的車頭全毀，架駛被夾死在車內，事件經警局上報地方政府，地方政府上報行政院，行政院緊急通聯合國後，聯合國稍早表示，這隻流浪狗很有可能是來自犬星的外星犬，做為侵略地球的先遣部隊，來到地球收集情報，聯合國要求各會員國派出軍隊到我國找尋該流浪狗。」

「這是什麼新聞？太亂七八糟了吧？怎麼會有這種事？」

在家裡收看電視新聞的男人，抱起今天下午在外面撿回來的流浪狗，對牠這麼說。

【2014/10/25自由時報花編副刊】

餅乾

五點了，他放下手上的餅乾，走到窗前，看著窗外，斜陽將大樓照得紅通通的。

三年前，他第一次來到這間公司，就是在這樣的一個下午。

三年了，他對如此一成不變的生活感到苦悶，卻又不知該如何改變。「唉」地長嘆一聲。

很快地，天色暗了下來。回家吧，螞蟻先生心想，快把餅乾搬回家，家裡等著吃飯呢。

【2014/12/13自由時報花編副刊】

機會

　　那天，男人坐在家裡閒著發慌時，機會前來敲門。

　　隔著一片玻璃，男人看見機會了，機會也看見男人了。

　　機會就在門口，男人很想開門出去擁抱機會，可是卻踏不出那一步，裹足不前；好像一個害怕蛻變的毛毛蟲，躲在蛹裡不肯出來。

　　男人不知道機會在他家門口待了多久，因為他先從後門離開，跑到別的地方去了。回到家時，機會已經不在了。

　　之後，男人偶爾還會想起那次的機會——特別是在，對一成不變的生活感到苦悶的時候。

值得

　　男人出門散步，在街上巧遇老同學。男人邀老同學到附近的咖啡廳坐下敘舊，但是老同學拒絕了，說沒空。

　　真是自討沒趣。男人對老同學說：「你忙，你忙，我們下次見面再聊。拜拜。」

　　跟老同學分手後，男人沿著鐵路散步，走了大約一小時，到達海邊，看見老同學站在沙灘上，身邊沒有其他人，似乎是一個人在看海。

　　一個人在海邊待了一個小時，卻沒有時間跟我聊一會嗎？其實男人並不覺得生氣，因為那是老同學的選擇，一定是享受一個人的時光更為值得。

走後門

「你上下班都走公司前門嗎？」

下班後，在機車停車場，一名新進同事這麼問我。我回答：「是啊。難道公司還有其他的出入口嗎？」

「你不知道公司有後門嗎？」

「不知道。我在公司服務三年了，還真不知道公司有後門。」

「這樣啊，我原本也不知道。」新進同事說：「是小貝告訴我的。就是跟我同一天進公司的小貝。」

「喔，他是怎麼說的？」

「早上在廁所遇到小貝，他問我是怎麼進公司的，我回答走公司前門進來的。」新進同事說：「小貝聽到我的回答笑了起來，接著小貝貼近我，輕聲跟我說……」

「他說什麼？」

「他說他是走後門進來的。」

【2014/12/19自由時報花編副刊】

凍僵

「好冷啊，連薪水都凍僵了。」

冷氣團南下到高雄的那天，男人接到住在台北的朋友打來的電話後，對朋友這麼說。

男人跟朋友在電話中聊了一小時。就在男人放下電話後，就有電話鈴聲響起。

男人看著來電號碼，直覺這是一通推銷電話，男人不接，任由電話鈴聲響著。當鈴聲響至第四十七次時，來電者放棄了，掛斷電話。

真可惜啊，那位推銷人員，我原本打算在鈴聲響至第四十八次時接起電話。男人心裡這麼想。所謂的堅持一定有一個限度存在，不接對方電話的堅持限度，等待對方接起電話的堅持限度；所以老闆堅持不調高我的薪資，一定也有一個限度在，問題是，到底要堅持到多久呢？

男人開始想像，自己站在結冰的辦公室中凍僵的樣子。

空房間

　　中午休息時聽見風吹的聲音，細細的、嗡嗡叫的聲音循環
響著。

　　男人心想，那聲音會不會是來自這棟辦公大樓裡某個空房
間，因為門窗沒關，風吹了進來造成聲響。

　　只是風聲？男人其實並不確定。啊，我想起來了，我有耳
鳴的疾病，那是耳鳴。

　　嗡嗡，嗡嗡，嗡嗡，嗡嗡——

　　午休將結束時，男人的耳鳴突然停了。男人走出辦公室想
上廁所，但走沒幾步，耳鳴又來襲。過沒多久，又停了。

　　男人回到辦公室後，發現辦公室裡的同事都不見了。怎麼
了？男人感到困惑。抬頭看到對面的會議室，裡頭的燈是亮的。

　　男人心想，會不會是同事們都到會議室去開會了，因為我
剛好離開辦公室去廁所了，所以沒能來得及通知我？

　　只是剛好？男人其實並不確定。啊，我想起來了，我老早
就被同事們孤立著，那是排擠。

　　「哈，哈哈哈。」男人站在空無一人的辦公室中，笑著，

然後重新注意到那風吹的聲音。

【2015/01/30自由時報花編副刊】

看海的大樓

　　星期六晚上九點，大樓管理員告訴我，隔壁大樓明天要去港口看海，大樓移動時發出的聲音可能會吵到附近的住戶，希望我能包涵。

　　「沒關係。」我說：「其實我明天也沒有什麼事要做，我可以跟隔壁大樓去港口看海嗎？」

　　「當然可以。」大樓管理員這麼說。

　　星期天早上八點，我站上隔壁大樓的頂樓，對大樓說：「我們出發吧！」大樓隨即站了起來，一步一步往港口走去。

　　抵達港口後，大樓在沙灘上坐了下來，看海。看了一個小時，兩個小時，三個小時。

　　我問大樓：「怎麼了？為什麼突然想來看海？」

　　「我一直很想來看海。」大樓說：「可是想了這麼久的時間，卻都沒有付諸行動。」

　　「喔，這樣啊。」我隨口應道。

　　星期一晚上七點，當我從公司下班回來時，赫然發現，隔壁大樓已被夷為平地。

孤獨和寂寞

「和我一起生活六年的小狗『月月』過世了。」男人說：「牠是我在找到第一份工作後開始養的。」

「月月過世的那天，你一定很傷心吧？」我問男人。

「不，其實沒有，至少當天沒有。」男人說：「在我發覺月月沒有氣息時，我並沒有流淚，我覺得不過就是一隻小狗死了，有什麼好傷心的。」

「後來才開始感覺到月月的重要？才感到傷心？」

「對。」男人回答。「月月過世的隔天，我一如往常地到公司上班，晚上回到家時感到奇怪。月月跑哪去了？然後才想起月月已經離開，才發覺下班後能待在月月的身邊是一天最開心的事。」

「隨著時間過去，悲傷的感覺才慢慢湧出。」

「就是這樣。以前下班回來，月月都會在門口等我的；如今卻只有孤獨和寂寞在家裡等我。」男人說。

「希望你能早日走出悲傷。」我說。「我和寂寞都對月月的離開感到遺憾。」

【2015/03/21自由時報花編副刊】

天空離你並不遠

　　男人站在樹下，思考著自己的夢想該如何實現。可是愈想愈覺得難以實現，簡直是難如登天。天啊！

　　男人抬頭看了看身後的樹。這顆樹好高大啊，男人心想，一定是經過很長的歲月才能生長至如此吧；但是樹再怎麼高大，也不會跟天空連結在一起，高大如樹都離天空這麼遠了，何況是渺小的我，如何追求難如登天的夢想呢？

　　男人意志消沈，想回家了。

　　男人走出樹下的時候，天空開始下起毛毛的細雨，從天而降的細雨一點一點地滴在男人的臉上，像是在安慰他，天空離你並不遠。

【2015/03/07自由時報花編副刊】

聽見海浪的聲音

　　不知道那人倒在會議室裡多久了？是我認識的人嗎？那人是生？是死？男人走進會議室，彎腰去摸那人。

　　「涼的！」男人嚇得不禁脫口而出。

　　「當然是涼的，因為我剛剛在海裡游泳。」原本倒著的那人突然起身，對男人這麼說。語畢，那人消失了。在男人的眼前消失了。

　　怎麼回事？那人到哪去了？這附近有海嗎？男人工作的地方離海很遠，照理說是聽不到的，但男人覺得自己好像聽見了海浪的聲音。

回家

　　下了一整天的雨。

　　六點後，我離開公司，到地下室停車場牽車。打開後座拿雨衣，準備穿上時。「喵！」聽見叫聲，才發現一隻小貓站在我的腳邊。

　　「妳也要回家嗎？妳家在哪裡？」我對小貓這麼說。

　　小貓先是把頭撇過去，接著轉身走開了，往停車場的角落走去。

　　「我可要走了，要回家，再見。」我向小貓道別。

　　不知道她能不能理解。我在公司忙了一天，覺得好累，下了班一心只想趕快回家；但是小貓呢，為什麼她要留在這裡？因為不想出去淋雨嗎？還是說，這個地下室就是她的家。

【2015/03/29自由時報花編副刊】

願望實現

「神龍啊，神龍。」男人呼喚神龍。

「你說。」神龍現身回應男人。「我可以實現你的一個願望。」

「我發現自己跟別人的對話愈來愈少。」男人說：「放假的時候，常常整天都沒有跟人說話；在公司上班的時候也是，即使有開口，談的也是公事，不會多說其他的話。」

「你在公司沒有朋友嗎？」神龍問。

「沒有。」男人回答。

「中午吃飯，總會跟同事聊幾句吧？」

「沒有。午休時間大家都相約出去吃飯，就是沒有人來約我。」男人說：「像今天，沒有人跟我說過一句話。」

「今天還沒結束。」神龍說。「我會實現你的這個願望，使人跟你說話。」

神龍語畢，隨即飄散。男人目送神龍離去。

「你還要睡多久？午休時間結束了。」鄰座的女同事拍拍男人的肩，對他說了這句話。

【2015/04/05自由時報花編副刊】

以前

　　傍晚，我到附近的公園慢跑，看見一名女性坐在草地上跟小狗說話。我覺得她有點眼熟，慢慢地靠近她。啊！我認出來了。

　　「妳好。」我說。

　　「咦？」她說。「啊！是你，你好。」

　　「妳還記得我嗎？」

　　「記得，我們是大學同學。畢業十年了吧？」

　　「是啊。」我說：「妳剛剛在跟小狗說話嗎？」

　　「嗯。」她點點頭。

　　「很好奇妳跟小狗說了什麼？」

　　「以前的一些事。」她說：「都是我惦記很久的事。」

　　「說出來後，心裡舒服多了吧？」

　　「嗯。」她點點頭。

　　此時，太陽下山了，黑暗開始在空中飄浮；那黑暗慢慢地靠近我，愈來愈近，在被那黑暗完全包圍之前，我有話想對她說。我也希望，說出來後，心裡能舒服多了。

我想對她說：那件事，不是妳的錯。

【2015/03/14自由時報花編副刊】

跟著夸父去追日

中午休息時間，男人離開辦公室，上街找家餐廳，打發午餐。

今天也是一個人吃飯啊，真希望有人陪我。當男人這麼想的時候，有一名巨人從他身邊經過，男人一看，認出是夸父。

「午安！夸父，你在做什麼？」

「追日啊，這就是我的人生。你呢？」夸父說。

「上班啊，這就是我的人生。哈哈。」男人說。「你這次打算追到哪裡？」

「落日之國。」夸父說：「朋友Line訊息給我，他說太陽西下後會到那裡住宿。」

「有這樣一個地方啊。」男人說：「我可以跟著你去落日之國嗎？」

「歡迎，歡迎。」夸父說。

男人跟著夸父一路跑到落日之國時，驚奇地發現，這個地方有好多太陽，有紅太陽、綠太陽、黃太陽、香蕉太陽、蘋果太陽……男人覺得這裡新鮮又有趣，想要多待一些時間。

男人在心裡盤算著，跟公司請假的理由。

你不了解我

「不用你管！」妹妹生氣地對我說：「你根本不了解我。」

我在一間小公司裡做企劃的工作，妹妹則是默默無聞的小說家。那天晚上，我說了妹妹幾句後，她氣到丟下晚餐回房鎖門。

我以為那天只是極為普通的一日，今天跟昨天沒有差別的一日，明天也跟今天沒有差別的一日；結果，卻發生了我意想不到的變化。

隔天早上，我醒來變成我妹妹，而我妹妹變成我。不知道為什麼會變成這樣，我們兄妹互換身體了。

「不管怎樣，妳先代替我到公司去。」我對妹妹說：「可是，妳會寫企劃書嗎？」

「企劃書不是文學，有什麼困難？稍微學一下就會寫了。」妹妹說。

從此之後，妹妹扮演我的角色到公司上班，而我扮演妹妹的角色在家寫小說，就這樣過了一年。

今天，是我投稿的文學獎得獎公佈日。我落選了。

　　晚上六點半，妹妹回到家開心地對我說：「我升職了，我現在是產品經理。」

　　「恭喜妳。」我說。

　　「對了，今天不是得獎公佈日嗎？」妹妹說：「結果呢？你是第幾名？」

　　「落選。」我說。

　　「又落選。這是第幾次了？」妹妹說：「你該考慮放棄，不要再寫小說了。」

　　「不用你管！」我生氣地對妹妹說：「妳根本不了解我。」

坐困

　　男人坐在公園的長椅上，無聊的看地面，看地面慢慢變色，落葉一層一層，細細密密地疊著。男人告訴自己：我被落葉包圍了，困在這裡，走不出去。

　　好像有什麼東西消失了，男人這麼覺得，感覺心裡空蕩蕩的，好寂寞，好空虛。

　　男人想起從前給偷偷喜歡的女生畫畫，用自動鉛筆畫在本子上，坐在教室裡遠遠望著窗外的她，描繪她的臉，她的身影；持續三年，喜歡她，卻又不跟她說，畢業了，這份暗戀的感情也隨之結束。

　　都是落葉的錯，男人這麼想：我的去路被落葉擋住了。如果不是因為被落葉困在這裡，我就能走出去，獲得幸福。

　　就在男人這麼想的時候，有風從男人的背後吹來。那風很輕很輕的，很慢很慢的，在蓋滿落葉的地面上，掃出一條河流一般的彎彎的道路。

【2015/05/29自由時報花編副刊】

分手

我和她在一起四年了

在這四年裡，我們的相處時間很長，一星期五天，一天八小時；當我工作不順或是疲累趴倒桌上時，她會靜靜地守護我，好像只要待在她的身邊就滿足了，過去四年的感覺是這樣。

但，自從我下定決心成為漫畫家之後，很快地，我立下了跟她分手的日期。

就是今天，我要離開她了，她卻對我說些討厭的話。

「離開我之後，你還能做什麼？」相處四年的辦公室說。「如果失敗了，連生活都會出問題喔。不離職的話，就不必煩惱這些了嘛。」

嗯。妳的話，我都聽進去了。我會加油的，妳就留在這裡看著吧。再見。

骰子

　　那是在高雄五福路上的一座公園裡，太陽漸漸爬到天空中央，坐在長椅上的男人正打算找家餐廳吃飯時所發生的事。

　　「喂！」突然有個女生向男人搭訕。「你常一個人來這嗎？」

　　少有和異性互動經驗的男人，一時不知道如何回答。

　　「我在問你啊，你在想什麼？」那個女生在正午陽光的照耀下，顯得閃亮動人，非常漂亮，男人看呆了，說不出話來。

　　「我是因為無聊才找你聊天的，不說就算了。」丟下這句話，那個女生轉身就走。

　　那個女生到底是怎樣？看上我了嗎？莫名其妙。不過，男人感覺，我好像喜歡上她了。

　　男人提起勇氣想追上去時，發現那個女生在公園的入口處停下腳步，好像在包包裡找什麼東西的樣子。

　　喔！在找骰子啊。那個女生蹲下來，把骰子丟到地上，似乎在用骰子決定下一個要去的地方。

　　男人跟著那個女生走，不久後到了三多路。

　　原來如此，骰子上的一代表一心路；二代表二聖路；三代

表三多路；四代表四維路；五代表五福路；六代表六合路。那麼，七賢路、八德路、九如路、十全路怎麼辦？喂！小姐，不要隨便跳過這四條路啊。男人想走到那個女生面前，對她這麼說時，才驚覺自己跟丟了，失去了那個女生的蹤影。

真可惜。男人一邊走回家，一邊想著那個女生的事。我好想再見她，下次她會出現在哪呢？

嗯，去買個骰子好了。

同居室友

　　我有一個同居對象，他可是很愛大小聲的喔。雖然是個很吵鬧的人，但是，除了我之外，沒有人聽過他的聲音。

　　耳鳴如狂風暴雨般襲來。

　　發現惱人的耳鳴不會停止後，我決定把這個討厭的疾病當作一個人來看待；我設定，他是跟我一起同居的室友，我給他取了名字，叫獨立。

　　喔，獨立你喜歡小提琴嗎？真是努力耶，日夜不輟地拉著。

　　每當獨立拉起小提琴的時候，他一定會強迫我在一旁聆聽。

　　真難聽，好吵。你能不能停下來？可是，就算我低聲下氣的拜託獨立，他還是持續演奏。真是固執啊。

　　我每天都這麼跟獨立說：天下無不散的筵席，我希望你早日搬走，離開我吧。這是為了能讓你，能為自己的名字感到自豪，獨立。

【2015/05/16自由時報花編副刊】

無尾熊

早上，她對我說：「主管給我的工作量，我覺得，那不是我一個人處理得完的。」

「妳一個人處理不完嗎？」

「是。」

我從她說話的態度和表情，確實看到了壓力和不滿。

「那麼，面對這些工作，妳打算怎麼辦？」

「我會拚命去做，但是，我一個人做不完。」

「妳看這樣如何？」我說。「妳把這些工作切割成幾份，其中一些交給我做。」

「感激不盡，謝謝你。」

她離開後，我繼續原本的工作。到了午休時間，我一邊吃飯一邊看報紙，我在報紙上看到「又有小無尾熊誕生，大無尾熊連生三胎」的新聞。

突然，聽到一陣尖叫，是她的聲音。我去找她，發現她倒在地上。

「喂，妳還好吧？」

「不好，我被壓力擊倒了。」她說。

「我已經答應要幫妳分擔工作，怎麼還會有壓力呢？」

「就是這個，工作做不完的壓力已經消失了；但是，我無理的要你幫忙，給你添麻煩，愧疚的壓力卻新生出來了。」

「小姐，妳到底想怎樣？要我幫還是不幫？」我說。

「嗯，嗯，嗯，你給我出一道難題，我又有新生的壓力了。」她說。

關門

扣扣！

我打開門，看見兩個男人，他們是一起來的，一起來找我。左邊那個人小我十歲，右邊那個人小我五歲。

「我有煩惱。」那兩個人異口同聲地說。

「我想去留學，可是，就算去留學了，回來之後怎麼辦；這段留學經驗對找工作有幫助嗎？能不能順利就職啊？」左邊那個人說。

「我想換工作，可是，擔心換了之後找不到新工作；就算找到了，也擔心是不是能夠做得長久。」右邊那個人說。

「有想做的事，可是很害怕做了之後不順利。」我說：「為了知道後來的情況，所以才會來找我吧。」

「就是這樣。」那兩個人異口同聲地說。

「好吧，既然來了，也不要讓你們白跑一趟，我就告訴你們吧。」

「快說、快說。」

「我並沒有去留學。」我對左邊那個十年前的我說。

「我並沒有換工作。」我對右邊那個五年前的我說。

「你為什麼不去留學？」左邊那個十年前的我說。

「你為什麼不換工作？」右邊那個五年前的我說。

這樣解釋下去根本沒完沒了，我被他們兩人弄得厭倦了，我搖搖頭，把門給關上了。

【2015/04/18自由時報花編副刊】

凌晨兩點的幽靈

「啊啊啊啊啊啊！」小南在凌晨醒來，抓起床頭的鬧鐘看時間，隨即嚇得尖叫。

一個女生來到小南床邊，問小南：「怎麼了？妳怎麼了？」

「凌晨兩點！凌晨兩點！」小南說。

「對，現在是凌晨兩點。怎麼了？」那個女生問。

「我的室友告訴我，在這個套房裡，千萬不要在凌晨兩點醒來。」

「室友？她在哪裡？」

「今天早上搬走了。」

「喔，她是怎麼說的？」

「她在臨走前告訴我，在我搬進來跟她一起住之前，她一個人獨居的時候，她曾經在凌晨兩點醒來，看見幽靈。此後，她一直被幽靈騷擾，活在恐懼中，直到我搬進來之後，她才沒再見到幽靈。」

「所以，妳剛剛醒來，發現是凌晨兩點，才嚇得尖叫？」

小南點點頭。然後問那個女生：「請問，妳是誰？新搬來

的室友嗎？」

　「對，我是妳的新室友，我會一直陪在妳身邊的。」凌晨
兩點的幽靈說。

【2015/06/06自由時報花編副刊】

凌晨兩點的惡靈

身為惡靈的玲兒，終於練成附身在他人身上的能力了。今晚，她出去挑選附身的對象。

凌晨兩點，在鬧街的一棟房子裡，租了一間套房獨居的年輕女性，下了班，疲憊地回來，走了幾步，就倒在床上。

此時，玲兒出現了，玲兒悄悄靠近，想聽年輕女性的呼吸聲，看她睡著了沒；但是，隔壁房間的住戶聲音很大，玲兒聽不見年輕女性的呼吸聲。

鄰人，隔壁那個人實在太吵了，是惡鄰。玲兒覺得自己不能夠忍受這種噪音，決定要離開這間套房。

玲兒對年輕女性說：「我決定不附身在妳身上。因為妳的隔壁已經有個惡鄰了，再被我這個惡靈附身的話，這樣不是太可憐了嗎？」

失蹤

　　她失蹤了。

　　我一連幾天買了好多份報紙，查看有沒有她的新聞，還有網路上的相關搜尋；接著打電話給她的親人和朋友，問是否有她的消息。

　　沒有！報紙上沒有，網路上沒有，她的親人和朋友都不知道她去了哪裡。

　　「謝謝你幫忙，你真關心她。」她的親人和朋友一直向我道謝。

　　的確，我真的很關心她，我四處奔走，只為找尋她的下落。

　　找了幾天，我開始覺得累了，想停下來休息。我回到家時，發現寢室角落有一個穿紅衣服的女人漂浮在空中。

　　她，今天也直盯著我看。

【2015/07/24自由時報花編副刊】

心聲

「他是不是感覺不到我們？聽不到我們的聲音？」左邊的說。

「怎麼可能？我們這麼活躍。」右邊的說。

「我對他的未來滿懷憂慮。」左邊的說。「若仔細思考，其實目前這個工作根本不值得他放棄畫家的夢想。」

「我也是這麼覺得。」右邊的說。「他所處的情況是，他什麼都不去想，只是個下了班疲憊的男人，視線來回在電腦和電視之間；他把畫筆藏起來，不去看它。」

「哎！」左邊的說。

「哎！」右邊的說。

他感覺得到，左心房和右心房，心臟的跳動。他聽得見，心裡的吶喊。但他每天抬頭看天空，都覺得是灰色的；他提不起勁，心灰意冷，只能一直忽略自己的心聲。

【2015/06/20自由時報花編副刊】

未來來的人

　　夏日，一所國中的體育館裡，正熱熱鬧鬧舉行班對班籃球比賽。

　　此時，甲班喊暫停，球權在甲班這邊，比賽時間只剩下一秒鐘，分數是89比90，甲班落後一分。

　　「小薇，交給妳了。」甲班的小薇被教練指定執行最後一次的投籃。

　　「放心，交給我吧。」小薇如此回答。但，小薇沒有自信，她覺得自己投不進這球，她滿腦子想的都是輸球、輸球、輸球。

　　「加油！小薇，這球會進的。」體育館二樓看台上，有一名男同學大聲為小薇加油。

　　小薇聽見了，心想，會進？你怎麼知道這球會進？你又不是從未來回來的人。

　　小薇仔細一看，發現自己沒見過那個男同學，而且現在是夏天，那個男同學穿著冬季制服，全場只有他穿著冬季制服。

　　「啊！」小薇驚叫一聲，心想，我知道了，他是從幾個月後的冬天回到現在的人，所以他說這球會進，是因為他已經知

道結果了。

　　「哈哈！」小薇開心地笑了起來，她拍拍胸膛，充滿自信地走上球場。

【2015/07/31自由時報花編副刊】

鞦韆

他醒來，發現自己躺在馬路上。

他想，真奇怪，我怎麼會在大馬路上睡覺，發生什麼事了？

他站起來，往前面的公園走去。他找了一個鞦韆坐著，在那回想。

不久，兩個年輕女性從他面前走過。

「奇怪，有個鞦韆在搖晃。」一個說。

「是有風吧。」另一個說。

【2015/09/11自由時報花編副刊】

妳是特別的

　　她問我：「布娃娃會說話嗎？」

　　我回答：「妳現在回房間，輕輕地打開門，看能不能見到床上那兩隻布娃娃相互交談。」

　　「好，我現在就去。」她說。

　　過一會，她回到我面前，她說：「它們不會講話，一動也不動。」

　　「這樣啊，那兩隻布娃娃不會講話。」

　　「可是，我也是布娃娃，為什麼我會說話呢？」她說。

　　「因為妳是特別的。」我說。

【2015/10/16自由時報花編副刊】

炸彈

A從睡夢中醒來。

A抬起頭,發現辦公室裡每個同事都睡著了。好安靜,簡直是絕佳的午睡環境。

A悄悄離開座位,慢慢走近門口,接著,逃出公司。

「砰!」公司爆炸了。

一會兒,A回來查看公司的情況。十幾個同事的幽靈出現在A面前。

「為什麼不告訴我們有炸彈?」一個同事問。

「我是在夢中發現炸彈的,說出來你們也不信吧。」A說。

「你為什麼一個人逃走?」另一個同事問。

「你們是一體的,我是這麼想。平常公司有什麼事,你們都故意跳過我;你們排擠我、孤立我。這次,就像平常一樣,我不跟你們在一起。」A說。

「這是你對我們的報復?」十幾個同事齊聲問。

「是,我承認。」A回答。

「好吧,我們也只能認命了。」

　　十幾個同事靠在一起，閉上眼，轉過身，手牽手，靜靜往上飄升，慢慢和A拉開距離，接著，消失在天空下。

位子

　　他是這間公司的新進員工。第一天上班，為了讓自己更快熟悉工作，過了下班時間，同事都走了，他還留下來練習白天學到的簡報技巧。

　　練習到一半，他離開座位去上廁所。

　　回到座位時。碰！他突然撞上像是牆一樣的東西。

　　怎麼回事？頭暈嗎？還是我的座位上，有什麼看不見的東西？

　　他戰戰兢兢地伸出手，摸索座位上方的空氣。

　　「摸到了，有東西。我的座位上有人！」他嚇得後退兩三步。

　　良久，他呆在原地，一動也不動。直到座位上那個看不見的人出聲說話。

　　「這是，我的，位子。你，走開！」

克服

　　像珍珠一樣白的皮膚，長長的頭髮帶著捲度，她腦袋聰明，工作細心，卻跟公司裡的任何人都不親近。除了工作的事以外，幾乎不跟同事說話。

　　這次，很特別，就在午休時間，她突然跑到我面前問我。

　　「你有做過惡夢嗎？」

　　「有，有，有做過。」我結結巴巴的回答。

　　「我昨天做了一個十分恐怖的夢。」她說。

　　「是什麼樣夢？」

　　「那就是，夢中出現了你。」

　　「然後呢？」

　　「然後，我就醒了。」她說。「那真是非常恐怖，太恐怖了。」說完轉身離開。

　　「喂。」一時情急，我伸手碰觸到她的肩膀。

　　「對不起。」我向她道歉。

　　瞬間，我們兩人都沉默，如沉入了深海一般。

　　像咖啡一樣黑的膚色，短短的頭髮帶著捲度，我智商平平，工作散慢，跟公司裡的任何人都不親近。除了工作的事以

外，幾乎不跟同事說話。

　　但，這次，很特別，我想跟她交談，說著跟工作無關的事。

　　我開口問她：「妳想克服恐懼嗎？」

【2015/08/22自由時報花編副刊】

大好時光

　　下班，他走出公司門口時，他的影子就站在那裡等他。

　　「你終於出來了。」影子跑過去抱著他，跟他會合。「你知道嗎？我去了南極喔，那裡好漂亮，你也快找時間一起來玩。」

　　「回家吧。」他冷冷的說，然後領著影子離開公司。

　　一個月前，他決定離影，就是跟自己的影子分開。為什麼呢？影子一直想問他，但終究沒說出口，只是默默等著他，等他自己說出答案。

　　回家，在他拿出鑰匙開門時，他若有所思地對影子說：「上班族把大好時光埋葬在辦公室裡，日後回頭看，會不會感到後悔？覺得不值？」

　　他說完，不等影子回答，便走了進去。

　　影子在心底問，你有想去的地方嗎？有想做的事嗎？是不是覺得自己被辦公室綁住了？哪裡也去去不了，什麼也做不到，既然如此，就放影子出去，至少讓影子自由？

　　影子想著想著，心裡明白了，便和他一起躺在沙發上發呆。

拖延病

「喂！你知道他怎麼了嗎？」老闆問我，隔壁同事怎麼沒來上班。

我回答：「他請病假。」

「星期二他遲到了三十分鐘；星期三變成一小時；星期四甚至拖到中午才來上班，他上班時間越來越晚，我看不下去了，本來今天要說說他，結果今天就不見人了。」

「會不會是得了拖延病。」我說。

「拖延病？他從哪得這個病的？」

「我想，是被老闆您傳染的。」

「我？我怎麼了？」

「二月的薪水您在三月初發一半給我們員工，月中發另一半；三月的薪水變成四月中發一半，月底發另一半；四月的薪水甚至拖到六月才來發放，您發薪時間越來越晚，他看不下去了，辛苦工作卻遲領薪水，乾脆今天就請假了。」

聽到我說的話後，老闆低著頭走出辦公室去。

高興一下

　　有位老闆經常想著要解僱資深的員工，但又不願意付資遣費，日夜期盼老員工能自願離職。某個星期天，接到了老員工打電話來說：「我想離職。」掛電話後，原本就欲除之而後快的老闆，樂得手舞足蹈。

　　隔天上班，老闆迫不及待拿離職文件給老員工簽名。

　　「找到新工作了是嗎？」老闆問。

　　「沒有。」老員工搖搖頭說。

　　老闆微笑著說：「先休息一陣子也很好。」

　　「是嗎？」老員工說，隨即把離職文件在手中揉成一團。

　　「喂喂喂！你做什麼？」老闆驚訝地問。

　　「昨天待在家裡的時候，我餓得發慌，就開了冰箱看看，發現冰箱裡有一桶冰淇淋。想到有冰淇淋吃，我很高興，但打開冰淇淋桶卻發現裡面是空的。」

　　「吃不到冰淇淋跟你反悔有什麼關係？」老闆失望地問。

　　「我想讓你高興一下。」老員工說。「但真的只有一下子而已。」

購物車和泰式咖哩

　　他和女朋友去看電影。放映中，他分心想工作的事。

　　明天要開始做購物網站了，講到購物網站，就是購物車程式。

　　他感到沉重，因為他沒有寫過購物車程式。

　　不過，我很喜歡寫程式，要是因為自己沒寫過，就躲避不去學的話，永遠不可能得到成功的經驗，只是陷入負面的循環罷了。好，來寫吧。

　　放映結束後，他和女朋友到電影院附近的簡餐店吃飯。

　　「你想吃什麼？」女朋友問他。

　　「跟妳一樣的。」他回答。

　　「我要吃泰式咖哩。」女朋友說，接著問：「你沒吃過吧？我記得你不敢吃辣。」

　　他一臉正經地說：「要是因為沒吃過，就躲避不去吃的話，永遠不可能知道泰式咖哩的美味。」

　　不久，泰式咖哩送上桌，女朋友馬上吃了一口。

　　女朋友笑笑地說：「好辣喔！真好吃。」

　　一定很辣吧。儘管確信吃下去能知道泰式咖哩的美味，然而他怎麼樣也不敢放入口。

找地方

　　走出廁所，回到辦公室，發現氣氛突然變得很嚴肅。

　　我好像錯過了什麼。問了同事才知道，老闆剛剛出來，說公司經營困難，為節省成本，要縮減一半的員工；列了一張名單，說上面的人不喜歡公司，希望他們辭職。我的名字不在名單上。

　　下班後，我到街上找地方吃晚餐時，公司的同事打電話來了。在名單上的同事。

　　「老闆很過分耶！」她氣呼呼地說：「說什麼對公司沒有愛就請離開，有人用這種理由逼退的嗎？」

　　「沒有。」我冷冷地說。

　　「算了，我也不想再待了，我勸你也儘早離開那個鬼地方。」

　　「我會考慮。」

　　「你現在在幹嘛？」她問。

　　「找地方吃飯。」我說。

　　「找到了嗎？」

　　「找到了，就常吃的那家店。」

「不換一家吃吃看嗎？」

「這裡就可以了。」

「習慣了嗎？一直在同一個地方吃飯，在同一個地方工作。」

聽到她這麼說，我停下腳步，站在店門口，同時一邊想著，其實我並不喜歡這家店。

誰拿走了？

　　總經理在辦公室醒來，發現放在抽屜裡的五百萬現金不見了。

　　總經理到祕書面前問：「我放在抽屜裡的五百萬現金呢？是不是妳拿走的？」

　　看見總經理，祕書一臉恐懼，十分害怕的回答：「不是我，不是我，是您太太拿走的。」

　　「我太太？她怎麼會到公司來？」總經理說。「真的不是妳嗎？那妳為什麼見到我渾身發抖，是不是心裡有鬼？」

　　「真的是您太太拿走的。」祕書說：「她來公司收拾您的遺物。」

【2015/09/26自由時報花編副刊】

再見

他和她是同事，彼此不合，關係惡劣。

這天，公司公佈裁員名單，他和她都榜上有名。

「資遣員工編號一五二號，資遣員工編號一五三號。」

他是一五二號，她是一五三號。

「太好了，以後不用再見到你了，再見。」她對他說。

「最好下輩子也別見，再見。」他對她說。

隔天，他和她卻再相見了，是在就業服務站。

「二五三號請到一號櫃台辦理，二五四號請到二號櫃台辦理。」

他是二五三號，她是二五四號。

「又見面了。」她對他說。

「是啊，待會要不要一起吃飯？」他對她說。

「好啊。」她說。

【2015/10/10自由時報花編副刊】

原諒我

他在醫院醒來，發現病床前有一名陌生女性。

他問女性：「我怎麼會在醫院？發生什麼事了？」

「你出車禍。」女性低下頭，如此回答。

「是妳送我到醫院的嗎？」

「是我！是我！」

「謝謝，真不知道該怎麼報答妳？」他笑著問。

「原諒我就行了。」她笑著回答。

【2015/07/29聯合報聯合副刊】

預想

凌晨四點，他躺在床上，睜開雙眼，預想今天會發生什麼事。

今天從早上七點起床開始，至晚上十一點上床結束。

早上九點到公司上班，老闆會找他進辦公室，告訴他將給他升職加薪，卻從未實現；去年講過，前年講過，但是他連上個月的薪水都還沒領到。

回到座位上工作，他會聽著同事們聊天玩笑的聲音，他不會加入，同事也不要他加入，他會一個人忍受著孤獨和寂寞。

下午六點下班，他會離開公司，在回家途中的一座公園裡吃沙。蹲在地上吃沙。前天吃了，昨天也吃了，今天也將繼續。

我的人生永遠不會發生好事，永遠不會有不可思議的事情發生在我身上。他這麼想。

回頭

　　我在往公司的路上，跟一個女孩子邊走邊說話。

　　「你知不知道這條路的傳說？」她說。

　　「這條我走了四年，還真不知道有什麼傳說。」

　　「我告訴你，走在這條路上不能回頭。」

　　「為什麼？」

　　「因為有鬼魂。」

　　「鬼魂？」

　　「鬼魂會抓走回頭的人，把他帶走。」

　　「只要不回頭，就什麼事都不會發生，是嗎？」

　　「就是這樣，所以不論發生什麼事，就算有人拍你肩膀，摸你的背，叫你的名字，也絕對不要回頭。」

　　「我想回頭。」我說。

　　「你說什麼？」

　　「沒人知道回頭的人會被帶去哪裡吧。」我說：「這正是我希望的，我已經厭倦現在這種一成不變的生活了。」

　　我回頭後，那個女孩子消失了。我往公司的反方向走去。

【2015/10/24自由時報花編副刊】

自由

「哎呀！好討厭！」他仰頭大叫。

現在工作的公司讓他感到束縛，為了離開，他決定去找新工作。

他有一個朋友在人力銀行上班，他求朋友幫忙找新工作。朋友答應了，要他把希望待遇等條件列出來，這樣才有辦法媒合。

他跟朋友說他只有一個條件。朋友聽過後，對他說：放棄吧。

朋友告訴他：台灣沒有一間公司會給員工自由。

一場夢

　　他醒了，覺得很累，好像剛從遙遠的地方做了長時間的旅行回來。

　　「很累嗎？」床邊他的女友問他。

　　「很累。」他苦笑。

　　「這次的夢裡，你是怎樣的人？」

　　「一直待在同一個地方打轉的上班族。其實是有夢想的，但從未行動。」

　　「你不喜歡這次的夢嗎？」

　　「不喜歡。」他說。「上次的比較好，上上次的也不錯。」

　　「去倫敦賣插畫和到紐約做設計的？」

　　「對。出國自我挑戰，追尋夢想。」他說。

　　「這次就當惡夢一場吧。願你下次有個好夢。」她說。

　　他們是外星人。

　　地球人的一生，不過是外星人的一場夢。

壞話

公司欠薪達三個月時，他決定要離職。離開服務近四年的公司。

他向公司總經理提離職，總經理聽了馬上變臉，恐嚇說：我不會放過你。

「你要去哪間公司？」總經理說。

「我的人脈很廣。」總經理說。

「我認識很多人喔。」總經理說。

「我弟是調查局的。」總經理說。

「你去哪我都知道。」總經理說。

「我要跟你的新老闆說你的壞話。」總經理說。

「說我壞話？」他聽到這裡，忍不住提問。

「對，說你壞話。」

他起身背對總經理。「我要當牧師，你去跟上帝說我壞話吧。」然後離去。

「咦？」總經理只說得出這句話來。

死樣子

　　以前待過的公司的總經理去世了，男人沒有出席喪禮，反而是找了個休假日去塔位上香。

　　男人上香時不小心推到塔位，隨即說了一聲對不起。

　　突然間，男人的背部挨了一記，像被人推了一下。

　　男人站穩後往後一看，什麼都沒有。

　　「哈！是你推我的吧。」男人對總經理的塔位說：「你還是那個死樣子。以牙還牙，以眼還眼，小氣，沒度量。」

　　「就是因為這樣，我才離開你的。」男人說。

窗外

他在公司上班，突然聽見一陣聲響，好像是螺旋槳轉動的聲音。

他離開座位，打開窗戶，看見一架直升機劃過眼前的天空。

「哇！」他驚嘆。雙手合十感謝那聲音。

他想，若不是聽見那聲音，我也不會打開窗，看見直升機後那道美麗的彩虹。

接下來

「我辭職了。」聚餐時，朋友對我這麼說。

「喔。」我說：「這份工作做了十年了嘛。」

「嗯。」他點點頭。

「為什麼要辭？」我問。

「我覺得我浪費了十年的時間，十年的青春；我不想再虛度人生，所以決定辭職。」

「恭喜你，也為你感到遺憾。」

「有什麼好恭喜的？有什麼好遺憾的？」他問。

「恭喜你重生；遺憾的是，失去的青春，再也回不來了。」

「你真的是我的知己。」他哽咽地說。

「接下來你有什麼計劃？」我問。

「充實我的人生。去做很多很多你這個上班族想不到的事。」他說：「接下來

不知道是什麼的東西

　　衛武營裡的湖，在這個夏天，有個不知道是藻還是什麼的東西大量地繁殖，幾乎蓋滿整個湖面，鴨鴨們都被趕到邊上生活了。等到夏天過去，終於在今天看到兩台怪手出動清理那東西。

　　就在那東西大量繁殖的某一天，他離職了。他想，一定有其他不知道是什麼的東西，讓他決定辭職；不只是忍受不了薪水遲發這項原因而已。

　　他很快的找到新工作，過幾天就要去新公司上班了。他想，這是一個新的開始，也是對過去的一次清理。

　　奇怪的是，即使換了工作，那不知道是什麼的東西仍然佔據他的心，讓他對新工作感到抗拒、厭惡，就像面對前一份工作一樣的感覺。

　　這是怎麼回事？那東西究竟是什麼呢？不知道是什麼的東西。

不喜歡

　　她在下雨天離開，留給我的紙條上寫著「就算雨停也不打算回來了」。

　　我待在家裡，一邊等雨停，一邊思考她離開的原因。

　　過了一小時，雨還在下，我打電話把她離開的事告訴了朋友。

　　「她這個人一向是說到做到嗎？」朋友問。

　　「沒有啊。說了沒去做的事，講起來有一堆。」我回答。

　　過了兩秒鐘，話筒那頭沒有回應。「不好意思，你有在聽嗎？」我說。

　　「有，有，我有在聽。」他說。

　　「怎麼了？訊號很差嗎？」

　　「我這邊雨聲很吵，聽不清楚。」

　　「那我大聲一點。」

　　「不要，不要。我不喜歡人家大聲講話。」

　　聽朋友這麼一說，我明白了，我一定做了讓她不喜歡的事。

【2015/11/28自由時報花編副刊】

紙鶴

　　他用白紙折出一隻紙鶴，開心地拿給家人看。

　　家人把紙鶴放在手掌上端詳，然後拿出毛巾，開始在紙鶴身上擦拭起來。

　　他想，家人可能是看見紙鶴身上有班點，以為髒了，想擦乾淨。

　　但是，就在家人的擦拭之下，紙鶴被擦破了。

　　就好像放棄治療一樣，家人發現紙鶴被擦破了，索性扯開來。紙鶴就在他的面前變得支離破碎。

　　他流下一滴眼淚，對家人說：「那隻紙鶴是我，我想飛。」

沒有你在的日子

　　我一個人去看電影，片名是「沒有你在的日子」。在電影院遇到妹妹，就是那個跟我同父同母，小我兩歲的妹妹。

　　「妳好。」我向妹妹打了一聲招呼。

　　「喔，你好。」妹妹發現我了，向我微微一笑。

　　「跟男朋友來電影院約會嗎？」我問妹妹。

　　「不用你管！」妹妹說完，轉身就走。

　　喔，我這個妹妹挺麻煩的，可不是追上去說聲「對不起」就能了事。算了，不理她。

　　妹妹走後，我走進放映廳，一面看著銀幕一面想著沒有妹妹在的那兩年裡，我一個小嬰兒搖搖晃晃的樣子。

大樓

　　換工作後，他總是噩夢連連，在夢中，有一個巨大的陰影鋪天蓋地向他襲來。

　　在夢裡，他很害怕，面對巨大的陰影，他感覺到巨大的壓力。

　　今天，他還是抱著噩夢來到公司上班。午休時，發生地震，他走出去，在公司所在的大樓前站著。

　　好高的大樓啊！這就是我夢中的巨大陰影吧。他想，是不是要再換個工作，不要到設在高樓大廈的公司上班。

離開公司

　　在一個風雨交加的夜裡，他在此起彼落的雨聲中聽到一則訊息，有人斷斷續續地說著：「離開。」

　　隔天進公司，他把這件事跟一位同事說了。

　　「會不會是預言？」同事笑著說。

　　「我會辭職？離開公司？」

　　「會喔。」

　　兩個人笑成一團。

　　之後，公司一個月內有五個人相繼死去。

　　他想，果然是預言，有人離開了。

　　到了今天，在發生事故坍塌的公司裡，他一直等待著救援。

　　外面的消防隊員說：「裡面的人聽著，盡可能的發出聲音，這樣我們才能知道位置，帶你們離開。」

【2015/12/06自由時報花編副刊】

憤怒

她突然咬了他一口。

在公司後面的停車場，一名牽著小狗的婦女急忙向他道歉。

「對不起，對不起，我家露露咬了你。」

「沒關係，沒關係。」他心想，被人用繩子綁著，限制自由，那隻小狗一定很憤怒。

今天是他第一天上班，來公司報到的日子。

大學畢業後，他面試一直不順利，總算在這個地方被錄用了。

他望著公司，無法想像自己在這裡工作的模樣。真的，要認命當個像地縛靈一樣的上班族嗎？那是自己想要的人生嗎？

他走進公司，辦理入職手續。

公司的行政助理拿給他用繩子綁著的員工識別證，叫他戴在脖子上。

「我去一下廁所。」他說。

在廁所的鏡子裡，他看見戴在脖子上的繩子，他伸手去摸，忽然感覺到一陣憤怒。

【2015/12/12自由時報花編副刊】

釀小說82　PG1581

 失控的邱比特
　　——MINI小説

作　　　者	陳琨和
責任編輯	喬齊安
圖文排版	杜心怡
封面設計	王嵩賀

出版策劃	釀出版
製作發行	秀威資訊科技股份有限公司
	114 台北市內湖區瑞光路76巷65號1樓
	電話：+886-2-2796-3638　傳真：+886-2-2796-1377
	服務信箱：service@showwe.com.tw
	http://www.showwe.com.tw
郵政劃撥	19563868　戶名：秀威資訊科技股份有限公司
展售門市	國家書店【松江門市】
	104 台北市中山區松江路209號1樓
	電話：+886-2-2518-0207　傳真：+886-2-2518-0778
網路訂購	秀威網路書店：http://www.bodbooks.com.tw
	國家網路書店：http://www.govbooks.com.tw
法律顧問	毛國樑　律師
總 經 銷	聯合發行股份有限公司
	231新北市新店區寶橋路235巷6弄6號4F
	電話：+886-2-2917-8022　傳真：+886-2-2915-6275

出版日期	2016年5月　BOD一版
定　　價	200元

國家圖書館出版品預行編目

失控的邱比特：MINI小說 / 陳琨和著. -- 一版.
-- 臺北市：釀出版, 2016.05
　　面；　公分
　BOD版
　ISBN 978-986-445-114-2(平裝)

857.63　　　　　　　　　　105007080

讀者回函卡

感謝您購買本書，為提升服務品質，請填妥以下資料，將讀者回函卡直接寄回或傳真本公司，收到您的寶貴意見後，我們會收藏記錄及檢討，謝謝！
如您需要了解本公司最新出版書目、購書優惠或企劃活動，歡迎您上網查詢或下載相關資料：http:// www.showwe.com.tw

您購買的書名：_____

出生日期：_____年_____月_____日

學歷：□高中 (含) 以下　　□大專　　□研究所 (含) 以上

職業：□製造業　□金融業　□資訊業　□軍警　□傳播業　□自由業
　　　□服務業　□公務員　□教職　　□學生　□家管　□其它_____

購書地點：□網路書店　□實體書店　□書展　□郵購　□贈閱　□其他

您從何得知本書的消息？

□網路書店　□實體書店　□網路搜尋　□電子報　□書訊　□雜誌

□傳播媒體　□親友推薦　□網站推薦　□部落格　□其他_____

您對本書的評價：（請填代號　1.非常滿意　2.滿意　3.尚可　4.再改進）

封面設計____　版面編排____　內容____　文／譯筆____　價格____

讀完書後您覺得：

□很有收穫　□有收穫　□收穫不多　□沒收穫

對我們的建議：_____

_____

_____

_____

11466
台北市內湖區瑞光路 76 巷 65 號 1 樓

秀威資訊科技股份有限公司　　　收

BOD 數位出版事業部

....

（請沿線對折寄回，謝謝！）

姓　　名：＿＿＿＿＿＿＿＿　年齡：＿＿＿＿　性別：□女　□男

郵遞區號：□□□□□

地　　址：＿＿＿＿＿＿＿＿＿＿＿＿＿＿＿＿＿＿

聯絡電話：(日) ＿＿＿＿＿＿＿＿＿　(夜) ＿＿＿＿＿＿＿＿＿

E-mail：＿＿＿＿＿＿＿＿＿＿＿＿＿＿＿＿＿